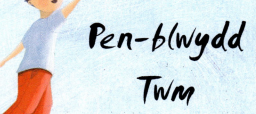

Pen-blwydd Twm

Anrheg Lili

Syrpreis!

I Gabriel,
cariad oddi wrth Mam.

I Phillip a Glenys Julian,
mam a 'nhad,
R.J.

Pen-blwydd Twm

Diwrnod pen-blwydd Twm oedd hi.

Cafodd awyren las hyfryd yn anrheg

oddi wrth Melyn a Gwib.

Gwisgodd pawb hetiau parti.

Chwaraeodd Twm â'i awyren.

Chwythodd bob cannwyll ar ei

deisen.

Roedd Rhywun yn gwylio Twm a

Melyn a Gwib. Rhywun newydd.

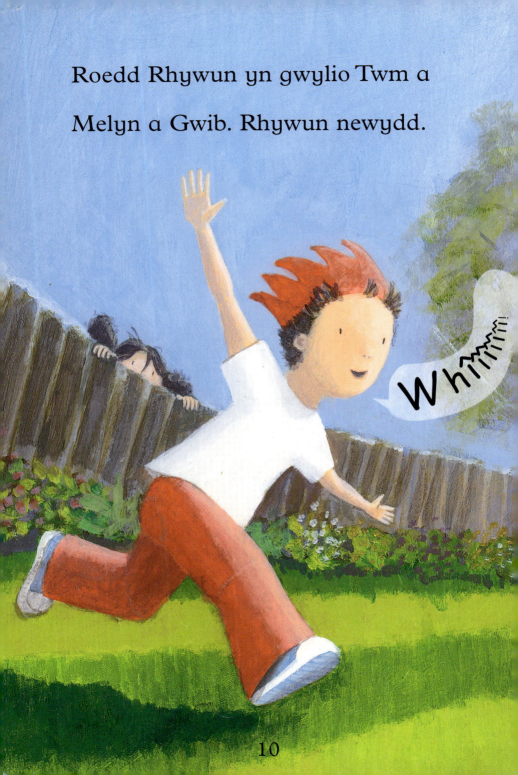

Chwaraeodd Twm â'i awyren.

Buodd hi'n troi a throi yn yr awyr.

Cwympodd yr awyren o ddwylo
Twm. Clywodd Twm Rywun yn
chwerthin.

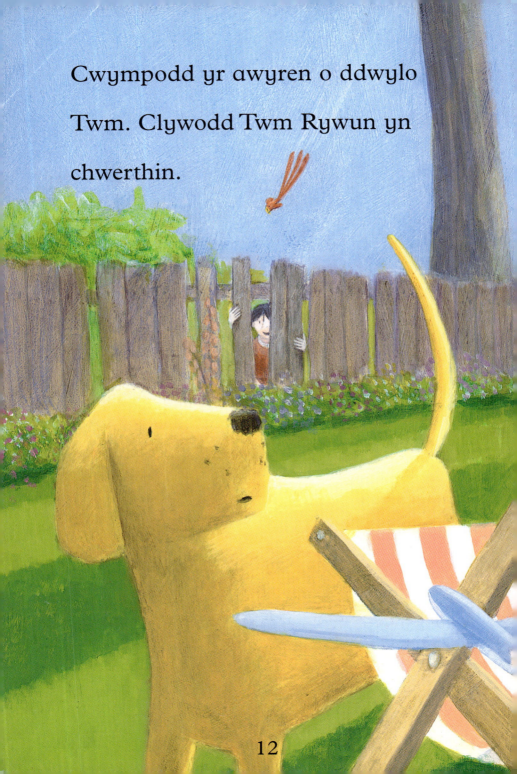

'Helô,' meddai Rhywun.

Hedfanodd awyren Twm y tu ôl i

gadair.

13

'Lili dwi,' meddai Lili.

Aeth awyren Twm y tu ôl i goeden.

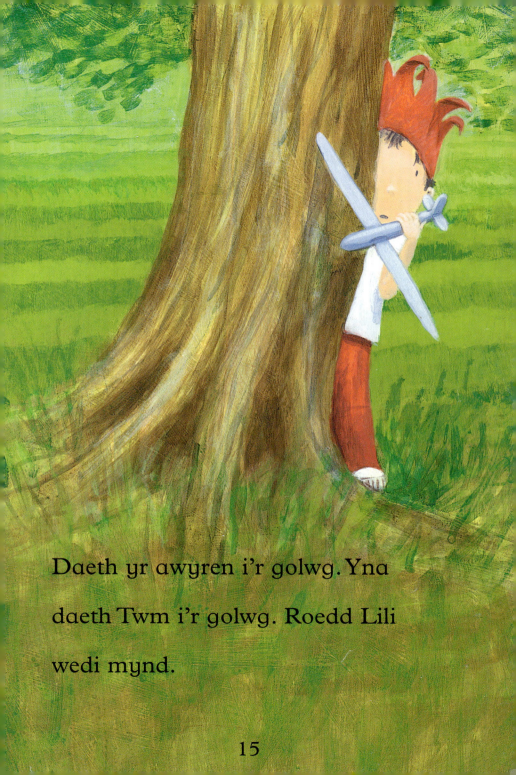

Daeth yr awyren i'r golwg. Yna
daeth Twm i'r golwg. Roedd Lili
wedi mynd.

15

Canodd cloch y drws.

Lili oedd yno. 'Pen-blwydd Hapus!'

Anrheg i ti, Twm.

17

'Hwyl fawr, Lili.'

Anrheg Lili

Agorodd Twm ei anrheg.

Roedd Lili wedi rhoi olion traed

iddo.

Gadawodd Twm nhw yn y blwch.

Buodd e'n chwarae â'i awyren.

Yr awyren oedd ei hoff anrheg.

Roedd hi'n gallu hedfan yn uchel i'r

awyr ...

wir yn uchel …

25

26

troi ben i waered …

28

a glanio ar y dŵr.

Roedd hi'n amser gwely.

Rhoddodd Twm yr olion traed yng nghaets Gwib.

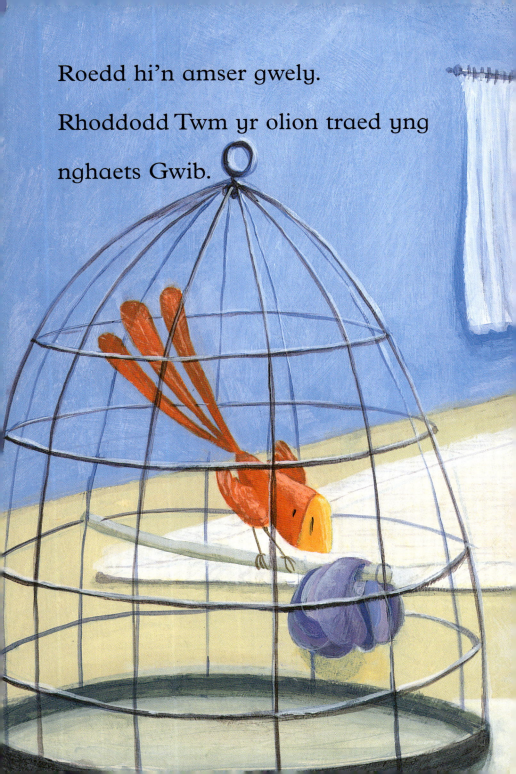

Sylwodd Twm ar yr olion traed.

Cafodd e syndod.

Maen nhw'n edrych yn drist.

Agorodd Twm ddrws y caets.

Yna aeth i'w wely.

Syrpreis!

Yn y nos, deffrodd Twm.

Roedd yr olion traed wedi mynd.

Edrychodd allan o'r ffenest.

Roedden nhw yn yr ardd!

Aeth Twm allan i'r nos.

Dilynodd yr olion traed ...

Hedfanodd olion traed Twm o'i ddwylo.

Hedfanon nhw'n uchel i'r awyr …

… ac i mewn i ardd Lili.

Dyna nhw.

Dyma Lili a Twm yn eu dilyn nhw.

Dringon nhw dros y ffens.

Roedd yr olion traed yn hedfan dros y llyn.

Edrychodd Lili a Twm yn y pwll.

Roedd yr olion traed yn neidio.

Daliodd Gwib un yn ei big.

Aeth Twm i bysgota am olion traed.

Dyma Melyn yn cyfarth. Roedd golau wedi cynnau yn nhŷ Lili.

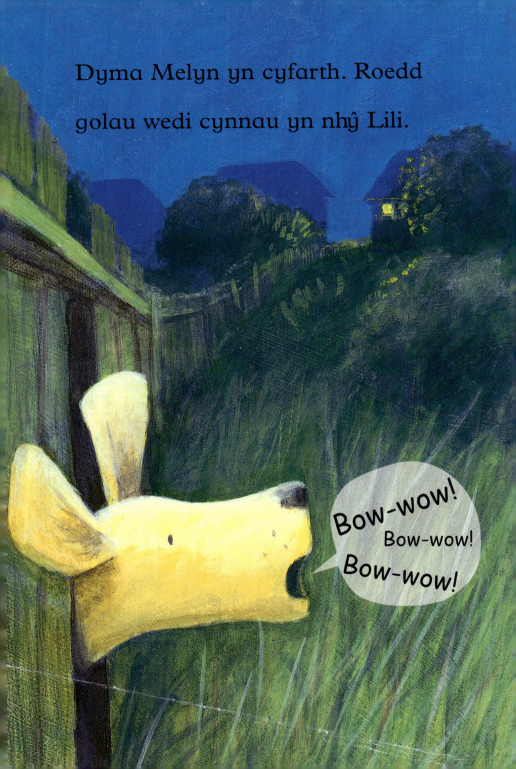

Nos da, Lili.

Nos da, Twm.

Yr Olion Traed Hud

Melissa Balfour * Russell Julian

Addasiad gan Elin Meek

DREF WEN

Cyhoeddwyd 2005 gan Wasg y Dref Wen,
28 Ffordd yr Eglwys, Yr Eglwys Newydd,
Caerdydd CF14 2EA, ffôn 029 20617860.
Cyhoeddwyd gyntaf yn y Deyrnas Unedig yn 2005
gan Egmont Children's Books Limited,
239 Kensington High Street, Llundain W8 6SA
dan y teitl *The Magic Footprints*.